LOVE

I Sheniz a Noah ~ C.F.

I Nia ~ B.C.

Cyhoeddwyd gyntaf ym Mhrydain yn 2015 gan Simon and Schuster UK Cyf,
Llawr 1af, 22 Gray's Inn Road, Llundain WC1X 8HB

Cyhoeddwyd gyntaf yng Nghymru yn 2016 gan Wasg Gomer,
Llandysul, Ceredigion SA44 4JL
www.gomer.co.uk

ISBN 978-1-78562-162-8

Dymuna'r cyhoeddwyr gydnabod cymorth ariannol Cyngor Llyfrau Cymru.

Argraffwyd yn yr Eidal

Pobl y Pants a'r Deinosoriaid

Claire Freedman & Ben Cort

Addasiad Eurig Salisbury

Gomer

Roedd Pobl y Pants o'r gofod
Yn dod i lawr un dydd pan – CLAP! –
Fe drawodd mellten lachar iawn,
A lawr â nhw i'r ddaear chwap!

Wrth lanio yn y jwngwl

Fe waeddon nhw i gyd yn syn –

Roedd eu pants-sganiwr nhw yn fflachio –

'Ond does 'na ddim pants fan hyn!'

Ymlaen â nhw drwy gorsydd gwyrdd,

A'r pants-sganiwr yn fflachio'n llon,

Ymlaen, ymlaen . . . nes iddyn nhw

Roi'r gorau i chwilio, bron.

Ond wedyn, BÎP, BÎP, BÎP, BÎP, BÎP!

'O! Ry'n ni'n agos iawn, iawn nawr!'

Ac yn eu blaen aeth Pobl y Pants

I mewn drwy borth pren mawr.

BÎP, BÎP, BÎP! 'Ie, dacw nhw!'

Pants mewn pentwr enfawr iawn,

'Dewch inni chwarae gyda nhw

Drwy'r bore a'r prynhawn!'

Fe chwarddon nhw, ‘Wel dyma hwyl!’

Cyn clywed . . . RAAAR! Sŵn rhuo!

A phwy ddaeth mas i’w dal? Ie, haid . . .

O DDEINOSORIAID GWALLGO'!

Gwaeddodd y deinosoriaid gwyllt
A'u dannedd hir a'u gyddfau main,
'Gadewch nhw i fod, y cnafon bach,
Ein pants mawr ni yw'r rhain!'

Atebodd Pobl y Pants ar wib
(Er bod siarad â deinosor gwyllt yn ffôl),
'Ro'n ni'n meddwl eich bod chi i gyd, bob un,
Wedi marw ganrifoedd yn ôl!'

‘Naddo! Ry’n ni wedi bod
Yn cuddio rhag pawb yn y byd,’
Dywedodd y deinosoriaid yn drist,
‘Ond cadwon ni’n pants i gyd.’

‘Ry’n ni BOB UN,’ meddai un boi bach,
‘Yn caru pants yn fwy na dim!
Nawr dewch, fe achubwn ni chi, iawn?’
‘Ie, iawn!’ atebon nhw’n chwim.

A dyma'r deinosoriaid mawr
A Phobl y Pants o'r Gofod
Yn gweithio gyda'i gilydd
Wrth lifio, drilio a gosod.

Cyn hir – 'DYNA NI!' – roedd y gwaith ar ben
A'r deinosoriaid mewn cawell fawr bren.
'Fe awn ni â chi i'n planed gyffrous,'
Meddai Pobl y Pants wrth godi i'r nen.

'Wel, dyma beth yw hwyl go iawn!'
Meddai'r deinosoriaid yn ddi-strach.
'Mae cymaint o hwyl i'w gael â phâr
O bants mawr ENFAWR a rhai bach!'

Felly gofala di, pan fydd dy bants
Mewn rhes ar y lein yn sychu,
Rhag ofn i Bobl y Pants ddod draw
A'R deinosoriaid i'w bachu!

50

LOVE

50